A. CAMINAT

PREMIERS RAYONS

ET ÉPINES

POÉSIES

PARIS

TYPOGRAPHIE ALCAN-LÉVY

RUE LAFAYETTE, 61

1870

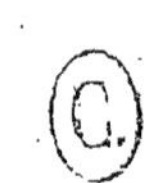

A. CAMINAT

PREMIERS RAYONS

ET ÉPINES

POÉSIES

PARIS

TYPOGRAPHIE ALCAN-LÉVY

RUE LAFAYETTE, 61

1870

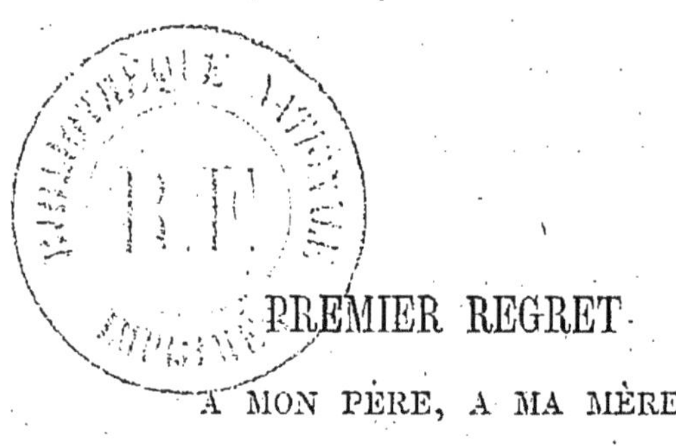

PREMIER REGRET

A MON PÈRE, A MA MÈRE

(Sonnet)

Pour vous, mes morts chéris, j'ai réveillé ma lyre
Qui dormait solitaire au vallon de douleur :
J'ai traduit mon regret par un tendre délire,
Et rempli jusqu'au bord le vase de mon cœur.

Depuis longs jours ma lèvre a perdu son sourire ;
Mon amour s'est flétri comme un lis dans sa fleur,
Et semblable au roseau qui gémit et soupire,
J'ai vu courber mon front sous le vent du malheur.

Votre image est le Dieu que dans mes nuits j'implore,
Et votre affection, radieux météore,
Guide mes pas tremblants vers un monde à venir.

Non, la sainte Vertu n'est point une chimère :
L'âme se purifie en passant sur la terre,
Et vivre pour aimer, c'est apprendre à mourir.

LE BOSQUET

*Poésie lue au Banquet de l'Académie des Poètes,
le 9 novembre 1869*

A MADAME ANNA V...

Voyageur exilé sur la mer orageuse,
Errant de plage en plage au caprice du sort,

Je vais cherchant partout la route lumineuse,
    Qui doit me ramener au port.

Qui me délivrera du poids de mes alarmes?
Quand verrai-je briller le jour sans lendemain,
Où je pourrai m'asseoir, ô bonheur plein de charmes,
    Au banquet sacré de l'hymen?

O jeunesse, ô printemps, sourires d'innocence,
Doux songes envolés sur l'aile du zéphir;
Bosquet, berceau chéri de notre heureuse enfance,
    Où j'ai gravé son souvenir!

Je te revois avec tes ormes séculaires,
Avec tes grands tilleuls balancés par le vent;
J'entends les longs soupirs de tes feuilles légères,
    Que nous écoutions en rêvant.

Je vous revois encore, éventails de verdure,
Qui flottiez dans l'azur de mon ciel parfumé;
Doux rossignols des bois, vous dont la voix si pure
    Charmait mon ange bien-aimé.

Que nos jours étaient purs, que nos nuits étaient belles,
Quand, l'oreille attentive à vos hymnes joyeux,
Nos âmes frémissaient comme deux fleurs jumelles
    Au bruit des flots harmonieux!

Pourquoi dans son essor éteindre cette flamme?
Pourquoi jeter au vent cette fleur de beauté?
Amour, rayons, parfums, dons sacrés de la femme,
    N'êtes-vous qu'ombre et vanité!

Ainsi remonte au ciel la source de la vie;
Ainsi vont s'engloutir nos rêves pleins d'espoir;
Ainsi j'ai vu tomber de ma lèvre ravie
    La coupe pleine avant le soir!

Je t'ai vu trois hivers dépouiller ta couronne,
O bosquet! ton feuillage a reverdi trois fois;
J'ai vu naître et mourir tes sombres fleurs d'automne,
    Et les pleurs étouffaient ma voix.

Que ces jours soient pleurés par ta verte ramure,
Par la feuille qui tombe au souffle des autans;
Que son exil soit court, que tout dans la nature
    Pleure l'espoir de mes vingt ans!

Sais-tu, bosquet, où vont et les lis et les roses?
Connais-tu le destin que Dieu fit à chacun?
Eh quoi! dans l'univers, créatures ou choses
    Ont-elles donc un sort commun?

Que m'importe la vie! aimer vaut mieux que vivre :
Heureux qui comme toi peut un jour rajeunir;
Mais l'homme sait à peine épeler dans ce livre,
    Et pour lui naître, c'est mourir.

Un soir, elle rêvait au bord de la colline,
Écoutant les chansons des moissonneurs joyeux :
Un doux sourire errait sur sa bouche divine,
    Et je baisais ses blonds cheveux.

« Oh! laisse-moi finir mon rêve, me dit-elle,
« Et savourer encor mon bonheur tout entier;
« Laisse-moi regretter, plaintive tourterelle,
    « Mon nid de mousse et ma moitié. »

Je voulus apaiser cette fièvre brûlante,
Et ranimer l'espoir envolé sans retour;
Elle ferma les yeux, et sa lèvre expirante
    Ne murmura qu'un mot : Amour !

Paris, 1868.

ADORATION

A MADAME HECTOR BERGE

La femme, c'est un hôte, ami du premier âge,
Qui sème en souriant des fleurs dans son chemin ;
C'est l'astre qui rayonne et rend un pur hommage
A l'être qui légua son cœur au genre humain.

Non, la femme n'est point, aux yeux des âmes saintes,
Un cœur de bronze assis sur un froid piédestal,
Ni le démon qui veille aux lugubres enceintes,
Ni les types frondeurs de Lemesle et de Stahl.

La femme est un rayon de la Vierge bénie,
Un joyeux pèlerin de l'immortel séjour ;
Un fil d'or frémissant qui note dans la vie
Les heures de soleil et les heures d'amour.

La femme est la vertu qui sourit et console,
La muse qui toujours chante dans la maison ;
C'est le lis printanier dont la blanche corolle
Ne se fane jamais à l'arrière-saison ;

Qui fait croire au bonheur par un soupir de l'âme,
Qui touche avec la terre à l'horizon de Dieu,
Qui verse dans nos cœurs un bienfaisant dictame,
Et nous dit de mourir dans un baiser d'adieu.

Fleurance, 1859.

LE MOIS D'AMOUR OÙ JE SUIS NÉ

A MA SŒUR EUGÉNIE

Hôte royal de mai, chantre au gosier sonore,
Hier, sur un lilas, chétif, abandonné,

Tu modulais des sons joyeux comme l'aurore
    Du mois d'amour où je suis né.

Enfant, réjouis-toi ! le printemps fait sourire ;
Vieillard, lève ton front de rides sillonné ;
Prêtez-moi vos accords et chantez sur ma lyre
    Le mois d'amour où je suis né.

La Madone de mai, des vierges la plus pure,
Recommence aujourd'hui son règne fortuné,
Et la voix des échos redit à la nature
    Le mois d'amour où je suis né.

La main du doux zéphyr caresse le feuillage :
Mai renaît, de parfums et de fleurs couronné ;
De beaux jours sont promis aux rêveurs sous l'ombrage
    Au mois d'amour où je suis né.

Déjà vingt-deux printemps ont fleuri sur ma tête ;
Si la Parque à finir mes jours m'a condamné,
Sans médire du sort, j'acquitterai ma dette,
    Le mois d'amour où je suis né.

Puissé-je (la vieillesse est souvent téméraire),
Touchant à mon déclin, près d'être moissonné,
Comme au sein des beaux jours fêter l'anniversaire
    Du mois d'amour où je suis né !

Mon père, un soir de mai, penché sur la fenêtre,
Traînant son corps débile, hélas ! trop tôt fané,
Se sentit rajeunir en voyant reparaître
    Le mois d'amour où je suis né.

Ce jour, fût-il pour moi le dernier de ma vie,
Je publîrai partout, si le temps m'est donné,
Au conquérant farouche, à la vierge qui prie,
    Le mois d'amour où je suis né.

Douce lune de mai, reste donc immortelle ;
Puisse de tes rayons tout cœur illuminé,
Longtemps bénir encor la main qui renouvelle
Le mois d'amour où je suis né !

Rome, 1854.

LA VIOLETTE

A MADAME DE VARÈS

Je suis la fleur d'humilité,
Compagne du lis solitaire ;
A l'ombre du vieux monastère
S'abrite ma virginité.
Vers Dieu qui me rend si coquette,
Je soupire dès le matin :
Je suis la pauvre fleur qui jonche le chemin ;
N'effeuillez pas la violette.

Les papillons, charmante cour,
Du val fleuri m'appellent reine,
Et mon doux nid de châtelaine
Frémit sous leurs baisers d'amour.
Chaque oiselet pour moi répète
Dans l'air son cantique sans fin.
Je suis la pauvre fleur qui jonche le chemin ;
N'effeuillez pas la violette.

Je suis le calice où chacun
Vient retremper sa lèvre ardente ;
Je sais les secrets de l'amante
Qui savoure mon saint parfum.
Dieu qui nous fit, femme et fleurette,
Me console de mon destin.
Je suis la pauvre fleur qui jonche le chemin ;
N'effeuillez pas la violette.

Un front que je fais rajeunir
Est la plus noble de mes gloires :
Pour Notre-Dame-des-Victoires
Je fais des rêves d'avenir.
Loin du saint lieu la pâquerette
Se consume d'amour divin.
Je suis la pauvre fleur qui jonche le chemin ;
N'effeuillez pas la violette.

Un jour, quand le souffle de Dieu
Aura du vallon solitaire
Arraché la fleur printanière,
La ronce croîtra dans ce lieu.
Revenez, pinson et fauvette,
Chanter ce douloureux refrain :
Ci-gît la pauvre fleur qui jonchait le chemin,
Pleurez, pleurez la violette !

Rome, 1854.

LA PLUME ET LE PINCEAU

(Fable)

A MADAME RICARD

La plume un jour dit au pinceau :
« Cessez de vous flatter qu'un public vous admire,
« Quand au front de chacun sans cesse il vous déchire ;
« Frère, je vous croyais digne d'un sort plus beau.
 « Vos chefs-d'œuvre dans la nuit sombre,
 « A peine éclos, ensevelis,
 « N'eurent jamais qu'un petit nombre
 « D'adorateurs, de favoris.
« Tandis qu'avec mon art je commande au génie,
« Rien ne peut m'égaler dans ma course hardie,
« De mes doctes exploits je remplis l'univers,
« Déjà ma renommée a traversé les mers.

« Seule maîtresse de la terre,
       « A cent peuples je fais la guerre ;
« Je vole de la cour et du prince au Sénat. »
— « Vous êtes plus souvent d'un méchant avocat,
« Repartit le pinceau, la très humble servante,
       « Et la mère compatissante
             « De tous les ignorants,
                   « Petits et grands.
« Quoi ! toujours à l'ouvrage et sans cesse opprimée,
« Sans acquérir pour vous la moindre renommée ;
       « N'êtes-vous point (frivole espoir)
       « Le triste jouet du mensonge,
« Quand vous baisez la main du scélérat qui plonge
             « Dans le venin votre bec noir ?
       « Encor si vous aviez pour plaire
             « A l'âme du vulgaire
       « Une étincelle de mes feux,
       « Je calmerais votre délire,
       « Vous régneriez dans mon empire,
             « Et nous serions heureux
                   « Tous deux. »

Pendant qu'à se donner une illustre origine
Et d'illustres aïeux, le vain couple s'obstine,
Un bambin les recueille, et voilà mon pinceau
En un fouet converti ; même métamorphose
Eut lieu pour l'une et l'autre chose,
Car la fille de l'air devint un chalumeau.
       Esprits forts, voilà le partage
       Que nous prépare un sot orgueil :
       Il n'est si dangereux écueil
       Que ne puisse éviter le sage.

Toulouse, 1852.

MARIE

A MA SŒUR MARIE

(Sonnet)

Son âme était sereine et plus pure que l'onde,
Qui sort en jaillissant limpide du rocher,
Quand je baisais, le soir, sa chevelure blonde,
Sur la verte pelouse, assis près du clocher.

Je goûtais à la fois tous les plaisirs du monde,
En voyant tout son cœur dans le mien s'épancher :
Hélas ! pourquoi, Seigneur, dans une boue immonde
Les anges et les lis viennent-ils se plonger ?

Ah ! si l'affreux trépas qui se rit des années,
N'avait rompu le fil de nos belles journées,
Et brisé notre lyre et notre chaîne d'or,

J'aurais trouvé le ciel sous le joug de Marie,
Et l'astre qui préside au bonheur de la vie
Sur nos vingt-cinq printemps rayonnerait encor.

Fleurance, 1859.

LE CŒUR

A MADAME ANNA V...

Le cœur est cet enfant chéri de la nature,
Que le ciel inspira du souffle de l'amour ;
Le cœur est le foyer où l'univers s'épure,
En demandant à Dieu son pain de chaque jour.

Le cœur est un soupir exhalé de la terre,
Et recueilli par Dieu dans le monde idéal ;
C'est le palmier qui croît au vallon solitaire,
Et balance dans l'air son bouquet virginal.

Ni le sable qui dort au fond du lac limpide,
Ni l'onde qui frissonne en caressant la fleur,
Ni le sylphe qui vole avec l'éclair rapide,
N'ont pu m'initier aux mystères du cœur.

Si le cœur est l'instinct qui fait chérir la vie,
Et le livre d'amour dont le type est au ciel,
S'il est l'oint du Seigneur que l'ange à l'homme envie,
Pourquoi, rayon d'azur, s'imprègne-t-il de fiel ?

Ah ! c'est qu'il ne meurt pas comme meurent les roses,
Au souffle du zéphyr, en un jour butiné ;
La sagesse, en chemin, lui révèle des choses
Qu'il sent revivre encor quand son heure a sonné.

Rome, 1855.

LE SERIN ET LES CHARDONNERETS

A MADAME BERGE MÈRE

Un serin sans progéniture,
Mourant d'ennui dans sa prison,
Se plaignait à dame nature,
Dans une amoureuse chanson.

« Quoi ! disait-il, dans le bocage
« Chaque oiselet couve ses œufs,
« Tandis qu'au fond de cette cage
« Je suis captif et malheureux !

« Le bonheur est dans la famille,
« Pour le poète et pour l'oiseau ;

« Il est dans l'âtre qui pétille,
« Et sur la branche de l'ormeau.

« Les gais pinsons et les fauvettes
« Ont leur compagne et leurs amours,
« Et dans les blés les alouettes
« Peuvent en paix couler leurs jours ;

« Et moi, de ma retraite obscure,
«' J'entends leurs chœurs harmonieux,
« Qui soupirent dans la ramure,
« Au fond du val silencieux. »

Il modulait sa plainte amère,
En regrettant l'exil des bois,
Quand, au milieu de sa prière,
Il entendit de douces voix.

Eh quoi ! ce jour plein de tristesse
Cacherait les plus doux plaisirs,
Et ramènerait l'allégresse
Au milieu des pleurs, des soupirs !

Oiseau captif, la Providence
Sur toi prodigue ses bienfaits,
Et te fait don, dans sa clémence,
D'un beau nid de chardonnerets.

Aime-les bien, sois-leur fidèle ;
Reste leur compagne toujours ;
Qu'ils aient, à l'abri de ton aile,
Le pain du ciel et les beaux jours !

Et, l'œil joyeux, vers sa couvée
L'oiseau s'élance avec ardeur,
Et la famille est élevée.....
Rendons hommage au Créateur.

Paris, 1865.

1.

ROSE L'ORPHELINE

(Romance)

A MADAME WILLIAM LEMIT

Mains jointes, à genoux, une fille en prière,
Arrose de ses pleurs la pierre d'un tombeau.
C'est là, depuis quinze ans, que repose sa mère :
Quand sa mère mourut, Rose était au berceau.
Le soir, quand le soleil fuit la verte colline,
On entend murmurer sous le saule pleureur :
« Mère, souvenez-vous de la pauvre orpheline,
« Qui n'eut jamais sur terre un rayon de bonheur. »

Le spectre de la nuit étend son voile sombre,
Et la vierge tout bas se recommande à Dieu ;
Sa prière achevée, elle écoute dans l'ombre
Sa mère qui lui dit : « Rose, je t'aime, adieu ! »
A l'heure où des pasteurs le foyer s'illumine,
L'écho répète aux morts ce long cri de douleur :
« Mère, souvenez-vous de la pauvre orpheline,
« Qui n'eut jamais sur terre un rayon de bonheur. »

La voix de l'Angélus tinte sur la montagne :
Sur la tombe, à genoux, un ange prie encor :
Depuis qu'elle a perdu sa mère et sa compagne,
Rose, toujours pleurant, veille sur son trésor.
Vers son toit, le matin, quand elle s'achemine,
Elle murmure encor dans sa folle douleur :
« Mère, souvenez-vous de la pauvre orpheline,
« Qui n'eut jamais sur terre un rayon de bonheur. »

Bordeaux, 1861.

L'AMANDIER FLEURI

(Romance)

A MA SŒUR MARIE

Frêle arbrisseau, compagnon de notre âge,
Témoin si doux de nos chastes amours,
Je te revois avec tes beaux atours,
Et ma douleur croît sous ton vert feuillage.
Pour mon amant, fleuris, jeune amandier;
Fleuris encore, arbuste printanier!

Vingt-deux printemps, sourire d'espérance,
Sentir son cœur follement tressaillir,
Et voir déjà son étoile pâlir!
Ah! que ne puis-je adoucir sa souffrance!
Pour mon amant, fleuris, jeune amandier,
Fleuris encore, arbuste printanier!

A mon réveil, j'ai prié la Madone
De rafraîchir les lèvres du mourant;
A ses genoux, je viens, en soupirant,
De déposer une blanche couronne.
Pour mon amant, fleuris, jeune amandier;
Fleuris encore, arbuste printanier!

Quand sa jeune âme aura quitté la terre,
Seule en ces lieux le monde m'oubliera,
Et la colombe au ciel s'envolera,
Sans regretter la rive solitaire.
Pour mon amant, fleuris, jeune amandier;
Fleuris encore, arbuste printanier!

Frêle arbrisseau, si mon amant succombe,
Protége-le sous tes rameaux ombreux;

Garde la place où nous serons tous deux,
Tous deux couchés dans une même tombe.
Pour le trépas, fleuris, jeune amandier ;
Fleuris encore, arbuste printanier !

Paris, 1864.

ADIEUX A ROME

Il novembre inanzi viene,
Di lasciarti mi preparo.

A MONSIEUR LE COLONEL DE BAILLIENCOURT

Adieu Rome, adieu, reine et maîtresse du monde ;
Puissé-je, revenant un jour sous ton ciel bleu,
Retrouver dans tes murs une paix plus profonde ;
Adieu, brillant séjour, cité célèbre, adieu !

Quand au ciel par milliers scintillent les étoiles,
Quand de ses plus beaux feux s'embellit la cité,
Un vent intempestif vient souffler dans nos voiles,
Et moi, sans plus d'espoir, je perds ma liberté.
Puissé-je avant longtemps, mère de l'Italie,
Ne retrouvant ailleurs que décevants séjours,
Revoir ton doux soleil et ta plage bénie,
　　Où j'ai coulé de si beaux jours !

Tibre, j'aimais tes bords, tes ondes pétulantes,
Et ton ombre propice aux rimeurs fortunés ;
J'aimais à contempler vos ruines fumantes,
Mausolée et tombeaux de lierre couronnés.
Autour de la cité mes longues promenades,
L'écho qui répétait mes couplets favoris,
Le torrent qui grondait sous les vieilles arcades,
　　Et le luth des sacrés parvis.

On m'a dit : Dans trois jours, avant que minuit sonne,
Pauvre et jeune exilé tu vas quitter le port ;
Mieux j'aimerais mourir dans la ville si bonne,
Où je me trouve heureux non sans bénir le sort.
Adieu, superbes tours de la Sainte-Chapelle,
Coupole de Saint-Pierre aux murailles d'airain,
Éternels monuments de la ville éternelle,
    Je ne vous verrai plus demain !

Adieu, Rome, adieu, reine et maîtresse du monde ;
Puissé-je, revenant un jour sous ton ciel bleu,
Retrouver dans tes murs une paix plus profonde ;
Adieu, brillant séjour, cité chérie, adieu !

Et puis, on fêtait tant le carnaval, à Rome,
Si joyeuse la foule inondait le Corso ;
Je l'ai redit souvent : loin d'ici, l'œil de l'homme
Ne peut imaginer de plus riant tableau.
Et quand du vieux pêcheur le tombeau s'illumine,
Quand la croix brille au front de son dôme ombrageux,
Mille feux jaillissant du haut de la colline,
    Reflètent le dôme des cieux.

Rien ne me reste plus dans cette vie amère :
Ni l'amour de ma bonne et sensible Stella,
Avec qui j'espérais, en m'unissant naguère,
Partager mon labeur, ni ma sœur Adéla,
Ni l'antique Madone, aux pieds du Christ en larmes,
Dont l'aimable portrait mille fois reproduit,
Répand avec le jour, sur la cité, ses charmes,
    Et ses grâces durant la nuit.

Au pied du Capitole, adieu, vieux Colisée,
Où ma muse épiait mon retour chaque soir.
Adieu, du Vatican salle antique et Musée,
Derrière vous, mes yeux se ferment sans espoir.

Mais le temps va son cours, et joyeux quand je pleure,
A bord les matelots répètent leurs refrains ;
Plus rapide s'envole aussi ma dernière heure,
    Et plus cuisants sont mes chagrins.

Adieu, Rome, adieu, reine et maîtresse du monde,
Puissé-je, revenant un jour sous ton ciel bleu,
Retrouver dans tes murs une paix plus profonde ;
Adieu, charmant séjour, cité chrétienne, adieu !

Ah ! si le sort un jour change en deuil ma tristesse,
Sur la plage africaine où le ciel est d'airain,
Sera-t-il un passant, touché de ma détresse,
Qui m'invite à m'asseoir et m'offre un peu de pain !
Je ne puis en douter, car la vie est si frêle ;
Avant que sur ma tête aient passé trois hivers,
Je serai le jouet de la Parque cruelle,
    Qui moissonne au delà des mers.

A ce terme fatal, moi seul inconsolable,
Je n'ai, pensant à vous, qu'à pleurer de douleur,
N'espérant déjà plus qu'un destin favorable
Vous rende un jour, amis, l'ami de votre cœur.
Je n'ai vu qu'un printemps et deux hivers, à peine,
Et malgré moi l'on vient m'arracher de ce lieu ;
Le printemps m'accueillit et l'hiver me ramène.
    Amis, bien chers amis, adieu !

Adieu, Rome, adieu, reine et maîtresse du monde,
Puissé-je, revenant un jour sous ton ciel bleu,
Retrouver dans tes murs une paix plus profonde,
Adieu, brillant séjour, cité chérie, adieu !

Rome, novembre 1855.

PORTE DU CIEL

(Sonnet)

A MA SŒUR MARIE

Pour gravir les sommets de la montagne sainte,
Sur la route du ciel brillé une échelle d'or,
Et les anges, gardiens de la divine enceinte,
Guident les voyageurs vers le céleste port.

Les élus, en quittant le séjour de la plainte,
Sur leurs ailes de flamme ont un sublime essor ;
Si tendre est leur espoir, si timide est leur crainte,
Qu'au terme du voyage ils soupirent encor.

Mais en voyant monter la cohorte joyeuse,
La mère de Jésus, sereine et radieuse,
Rassemble ses enfants dans la cité de Dieu ;

Et s'immolant pour eux dans son amour de mère,
Comme le pélican sur le roc solitaire,
Elle lègue son cœur dans ce banquet d'adieu.

Paris, 1869.

TABLEAU DU JUGEMENT DERNIER

(D'après Michel-Ange)

Per me si va nella città dolente !
(Dante.)

A SA SAINTETÉ PIE IX

Enfer et paradis, ouvrez, ouvrez vos portes ;
Aujourd'hui paraîtront de brillantes escortes ;

Hâtez-vous, allumez vos torches, vos flambeaux,
Arborez en tous lieux vos aigles, vos drapeaux,
     Armez légions et cohortes !

Dieu, devant qui le jour à la nuit est égal,
Couvre-moi de l'égide et du bandeau royal,
Quand l'étendard de feu rougira dans la nue,
Quand aux cieux étonnés, à la terre éperdue,
     Ta voix donnera le signal.

Pour qui sont ces volcans, ces fleuves de bitume,
Et ces prisons de feu que ta colère allume,
Seigneur ?... Pour qui tiens-tu ces foudres dans tes mains ?
Doit-il, ce bras vengeur, écraser les humains
     Comme on bat l'airain sur l'enclume ?

Quel lugubre appareil ! Ici de noirs serpents,
Hôtes impurs, nourris dans ces brasiers mouvants,
Dans leurs anneaux d'écaille enserrent leur victime,
Roulent de gouffre en gouffre et d'abîme en abîme,
     Ainsi que des flots mugissants.

Là, toujours l'œil fixé sur sa débile proie,
Le vautour, roi des monts, dans son aire flamboie,
Et quand, rassasié de meurtres odieux,
Quand, ivre encor d'un sang impur, incestueux,
     Son aile immense se déploie,

Tigres, lions, brisant leurs cellules de fer,
Parcourent sans effroi les cités de l'enfer ;
Le butin de Satan les anime au carnage,
Et, dès lors, ne mettant aucun frein à leur rage,
     Ils se repaissent de sa chair.

Voici l'heure ! Écoutons résonner la trompette :
Des mondes assoupis le grand réveil s'apprête ;

Les uns, marqués au front du sceau de l'Éternel,
Brilleront comme un phare ou comme l'arc-en-ciel
      Dans la nue après la tempête ;

Les autres, quand la nuit aura fini son tour,
Se verront tout à coup dévoilés au grand jour,
Et le Juge contre eux, s'armant de l'anathème,
Fermera son oreille au murmurant blasphème,
      Aux douces plaintes de l'amour.

Que ta droite, Seigneur, récompense ou punisse,
Homme libre, je rends hommage à ta justice ;
Brise mon cœur s'il n'est l'image de ton cœur :
Mais s'il bat pour le ciel, ravis-le-moi, de peur
      Qu'avant le soir il se flétrisse.

De cet affreux dédale et de ces pas perdus,
Mon âme, viens t'asseoir au parvis des élus,
La Reine-Vierge en tête et tous les chœurs des vierges,
Les lis, les lampes d'or, les couronnes, les cierges,
      Les parfums dans l'air répandus ;

Les hymnes modulés sur la lyre des anges,
Et les corps rayonnants des célestes phalanges ;
L'auréole des saints, la pourpre des martyrs,
Les plaisirs renaissant au milieu des plaisirs,
      Et le luth sacré des archanges.

Vois l'auguste vieillard, l'univers à ses pieds,
Et son front blanchissant à travers les lauriers,
Et le chœur des vieillards aux barbes argentées,
Et le cortége heureux des vierges assistées
      D'un corps brillant de chevaliers.

Des filles essuyant les larmes de leurs mères,
De tendres fils penchés sur le cœur de leurs pères,

L'orphelin, le captif, l'exilé, le proscrit,
Les pauvres enivrés du sang de Jésus-Christ,
   Les frères unis à leurs frères.

Satan succombe et Dieu lève son bras puissant.
Peuples élus, chantez l'Hosanna triomphant ;
Autour de vos faisceaux appendez votre glaive :
Je vois, et ce n'est point l'illusion d'un rêve,
   A vos pieds Lucifer rampant.

Enfer et Paradis, ouvrez, ouvrez vos portes ;
Aujourd'hui paraîtront de brillantes escortes.
Hâtez-vous, allumez vos torches, vos flambeaux ;
Arborez en tous lieux vos aigles, vos drapeaux ;
   Armez légions et cohortes !

Rome, 1855.

RAYON PERDU

O mihi jàm consors vitæ, nunc incola cœli !

A MA SŒUR MARIE

D'un trait elle a vidé la coupe empoisonnée,
   Remplie en peu de jours ;
Et l'astre qui préside aux dons de l'hyménée,
   Pour elle a fait son cours.
Adieu, fidèle épouse, adieu, fille élevée,
   Mère si pure, adieu !
Tends-nous les bras du Ciel où tu fus enlevée
   Au sortir de ce lieu.

Ici je puis mourir où rien ne me console,
   Inconsolable époux !
Ici puis-je donc vivre, où je n'eus d'autre idole
   Que tes baisers si doux !

Pour essuyer mes pleurs, tu laisses, pauvre mère,
　　Une fille au berceau :
Privé de ce trésor, mon esprit solitaire
　　Te suivrait au tombeau.

Au péril de tes jours tu lui donnas la vie ;
　　Et pour un si doux bien
Auquel depuis deux mois mon âme est asservie,
　　Dieu rompt notre lien !

Quand la mort vint sur toi, généreuse victime,
Avec tant de hauteur abattre son courroux,
Le vieillard en suspens sur le bord de l'abîme,
Dut-il plutôt rester à l'abri de ses coups !

Sois heureuse : on doit l'être au Ciel où tu reposes,
　　Parmi tous les élus.
Les épines, là-haut, ne nuisent point aux roses,
　　Ni le crime aux vertus.

Brugnens à qui ta mort fit couler tant de larmes,
　　De son deuil t'honora ;
Brugnens où ta vertu déploya tous ses charmes,
　　Toujours te pleurera !

D'un trait elle a vidé la coupe empoisonnée,
　　Remplie en peu de jours ;
Et l'astre qui préside aux dons de l'hyménée,
　　Pour elle a fait son cours !
Adieu, fidèle épouse, adieu, fille élevée,
　　Mère si pure, adieu !
Tends-moi les bras, du Ciel où tu fus enlevée
　　Au sortir de ce lieu ! ! !...

Brugnens, avril 1859.

REINE DES ANGES

(Sonnet)

A MA SŒUR AGNÈS

Comme un cygne argenté qui glisse dans la nue,
Escortant ses petits avec des cris joyeux,
La Vierge aux chérubins, la colombe ingénue,
Prend son vol à travers les spirales des cieux.

Voyez-là franchissant la céleste avenue,
Au milieu d'un essaim d'archanges radieux :
Où va-t-elle ? Peupler une étoile inconnue ?
Non : elle va s'unir aux esprits bienheureux.

Les lis, les lampes d'or, les palmes qui rayonnent,
Les chœurs des séraphins, les harpes qui résonnent,
Versent des flots d'encens, de vie et de soleil.
Saints amours, messagers des divines phalanges,
Qui volez au berceau de la Reine des anges,
Déposez cette fleur sur son trône vermeil.

Paris, 1868.

LA POULE ET LES CANETONS

(Fable)

A MON FRÈRE DOMINIQUE

Des canetons allaient au bain
Avec Cocote, leur maîtresse,
Qui, folle d'amour, de tendresse,
Les précédait en son chemin.

La poule n'était pas fort habile à la nage,
Et de ce nouvel art elle ignorait l'usage.
> Dans un étang, la mère en pleurs,
> Vit entrer la bande joyeuse,
> Et sur le bord, triste et rêveuse,
Elle suivait des yeux les jeunes voyageurs.
Vainement elle crie, elle se désespère ;
> Ils n'ont point pitié de leur mère.
Comme elle se dispose à rentrer au logis,
> Elle aperçoit une famille
> Toute jeune, alerte et gentille,
De poussins égarés qui d'elle sont épris.
> « J'ai droit à la reconnaissance,
« Dit-elle, par pitié ne soyez point ingrats,
« Et de ces vagabonds qui barbotent là-bas,
> « N'imitez jamais l'inconstance. »
> Tous lui jurent fidélité,
Et cela met le comble à sa félicité.

Toulouse, 1851.

LES DEUX ORPHELINS

A MA MÈRE

Deux orphelins de mon village,
Ayant à peine dix printemps,
Gardaient ensemble, un soir d'orage,
Leur troupeau, joyeux et contents.

C'étaient des mules espagnoles,
Aux yeux brillants comme l'éclair :
Elles étaient jeunes et folles,
Et s'appelaient : filles de l'air.

Les deux amis, sans méfiance,
Et fiers d'en être les gardiens,

Jouaient à petite distance,
Attachés aux mêmes liens.

Tout à coup des lueurs funèbres
Dérobent la clarté du jour ;
Le ciel se couvre et les ténèbres
Annoncent l'heure du retour.

A l'éclair succède la foudre,
Et le frère embrasse la sœur,
Tandis que plus vifs que la poudre,
Deux des animaux en fureur

Se précipitent dans l'espace,
Entraînant dans leurs bonds fougueux
Les deux innocents dont la trace
Rougit les sentiers épineux.

Quand près de nous ils s'arrêtèrent
(Jour de terreur et de courroux),
Malgré moi mes yeux se fermèrent,
Et nous tombâmes à genoux.

Ma mère au cœur tendre et sensible,
Portait un ange dans son sein :
Pour elle ce coup fut terrible ;
Mathilde, ma sœur, ô destin !...

Ici, de pitié je m'arrête :
La ronce a déchiré leur corps ;
Le sang coule à flots de leur tête ;
Pauvres enfants, ils sont bien morts !

Toulouse, 1850.

LE RÊVE DU POÈTE

(Sonnet)

A MON NEVEU JEAN BASTIÉ

La fleur aime le chant du ruisseau qui murmure ;
L'abeille son calice et son rayon de miel ;
L'oiseau goûte dans l'air sa liberté si pure,
Le poète soupire en regardant le ciel.

Il demande en secret au Dieu de la nature,
Un reflet de sa gloire au séjour immortel,
Avant que les printemps dépouillent leur verdure,
Avant que son cœur saigne et s'abreuve de fiel.

Tandis que pour lui seul amère est la souffrance,
Il chemine en faisant des rêves d'espérance,
Tant qu'il voit dans l'azur planer les astres d'or.

Le jour s'achève, hélas ! quand une voix lui crie :
« Ferme les yeux, chère âme, il faut quitter la vie. »
La terre pleure, et lui semble sourire encor.

Bordeaux, 1862.

LA PRIÈRE DE L'ENFANT

A MA NIÈCE MARIE-ANNE

Mon Dieu, qui donnes la sagesse
A l'enfant docile et pieux,
Comble-moi des dons précieux
Que tu sèmes dans ta largesse.

Veille sur moi, sur mes parents,
Protége mon père et ma mère,
Et sous leur appui tutélaire
S'écouleront mes tendres ans.

Garde mon âme sans souillure,
Que rien n'en trouble la candeur ;
Fais épanouir le bonheur
Sur ma lèvre innocente et pure.

Et me souriant au réveil,
Comme tu souris à tes anges,
Seigneur, fais monter mes louanges
Au pied de ton trône vermeil.

Toulouse, 1852.

CONSOLATRICE DES AFFLIGÉS

(Sonnet)

A MA SŒUR JEANNE

Au penchant d'un vallon, dans une humble chaumière,
Une veuve priait devant un crucifix,
Et les yeux vers le ciel, l'inconsolable mère
Demandait au Sauveur qu'il lui rende son fils.

Pendant qu'elle exhalait sa fervente prière,
Réchauffant au foyer ses membres engourdis,
Un ange aux ailes d'or vint clore sa paupière,
Puis remonta, joyeux, vers les sacrés parvis.

Mais aux premiers rayons de l'aurore vermeille,
Le bruit d'un doux refrain captiva son oreille,
Et debout sur le seuil parut un pèlerin.

« Mère, c'est ton enfant qui t'appelle et qui pleure ;
« Le bonheur avec lui rentre dans ta demeure ;
« Notre-Dame des flots protége le marin. »

Paris, 1867.

TABLEAU DU DÉLUGE

A MON CHER COMPATRIOTE, M. ALEXIS PETIT

Peuples, ceignez vos fronts de vos bandeaux funèbres ;
Le monde va crouler au milieu des ténèbres,
Et la foudre du ciel va s'abattre sur vous.
Il faut que le pécheur se repente et qu'il meure ;
Voici la fin des temps, voici la dernière heure,
    L'heure du céleste courroux.

L'astre du jour pâlit au fond de sa carrière ;
Le vent mugit, la mer bouillonne avec colère,
Et de noirs tourbillons serpentent dans les airs.
Tout à coup, sous le choc d'une effroyable pluie,
Les fougueux éléments redoublent leur furie,
    Leur voix fait trembler l'univers.

Dans ce dédale affreux que produit le déluge,
Où fuir, où se cacher, où chercher un refuge ?
Mille gouffres béants grondent à chaque pas :
Des plus hautes maisons les flots gagnent le faîte,
Et de quelque côté que le regard s'arrête,
    Il ne heurte que le trépas.

La neige avec fracas tombant des hautes cimes,
Et les torrents gonflés par les eaux des abîmes :
Les fleuves dans leur cours dévastant les cités,
Les monstres affamés guettant la proie humaine,
Les cris des moribonds que l'ouragan entraîne
    Au milieu des flots indomptés.

Les mères, à genoux, offrant des sacrifices,
Les morts et les mourants jonchant les précipices,
Les prêtres conjurant les foudres du Seigneur,
Des vierges, des époux, de jeunes fiancées,
Des vieillards évoquant les âmes trépassées,
      Et le frère pleurant la sœur.

La mer comme un linceul enveloppe la terre,
Et son courroux, semblablé à cent voix de tonnerre,
Glace le genre humain d'épouvante et d'effroi.
Rien n'échappe au fléau : les villes, les campagnes,
Le berger sous le chaume, au sommet des montagnes,
      Comme sous la pourpre le roi.

A genoux, conquérants, fiers arbitres du monde,
Hâtez-vous d'apaiser votre haine profonde,
Et subissez le joug du puissant roi des mers.
Offrez une hécatombe à sa gloire immortelle,
Et que chacun de vous rende un compte fidèle
      A la majesté des enfers.

Silence ! l'univers se tord dans l'agonie ;
C'est le suprême adieu des humains à la vie,
Et le démembrement de la terre et des cieux.
L'univers est détruit et la terre est muette :
Apaise-toi, Seigneur, ta vengeance est complète ;
      Juge ton peuple malheureux.

Jetons un voile épais sur cette nuit profonde,
Et détournons les yeux de la scène du monde ;
Puisse le souvenir s'effacer à jamais !
Le déluge a brisé le sceptre et la couronne ;
Il a tout englouti : le monarque et le trône,
      Ses chars de bronze et ses palais.

De toutes ces splendeurs, de ces magnificences,
De ces grands amas d'or, royales opulences,

Que reste-t-il? Plus rien, plus rien que le chaos.
Dieu seul règne au milieu de ces vastes ruines,
Et l'univers tressaille entre ses mains divines,
    Comme un nid entre les roseaux !

Quel œil contemplera ton image si pure,
Soleil, flambeau du monde, admirable nature ?
Sur qui verseras-tu tes rayons lumineux ?
L'homme est enseveli dans les flots sans rivage,
La fleur est sans parfum et l'oiseau sans ramage ;
    Dans l'air tout est silencieux !

Poursuis, poursuis encor ta marche triomphale ;
L'homme n'abdique point sa royauté fatale ;
Il règne sur les eaux et les mondes détruits :
D'un peuple libre Dieu s'est proclamé le Père,
Et sous son sceptre heureux l'on verra sur la terre
    Les vergers se parer de fruits.

Salut, fille du ciel, salut, arche bénie,
Qui portes dans tes flancs la lumière et la vie ;
Salut, ardent courrier des générations.
Va, ne crains plus l'éclair, la foudre et la tempête :
Fonde ton vaste empire, et vole à la conquête
    Des prophétiques nations.

Rome, 1855.

L'HIRONDELLE ET LES MOINEAUX

(Fable)

A MON FRÈRE ARMAND

Une hirondelle avait bâti
Au bord d'un toit sa maisonnette :

Compère le moineau vint un soir, tout ravi,
Complimenter sa sœur sur son œuvre discrète.
      « Veux-tu, lui dit le patelin,
« Pour ma compagne et moi me céder ton ouvrage ?
      « Mes enfants ont peur de l'orage,
« Et de les abriter je n'ai pas le moyen.
      « Ma famille n'est pas ingrate,
« Et nous sommes cousins déjà de longue date. »
— « J'ai, répond l'hirondelle, une habitation
« A quelques pas d'ici, voisine de la mienne,
      « Et pour peu qu'elle te convienne,
« Tu peux mettre le comble à ton ambition. »
      A ces mots, ravi d'allégresse,
Pierrot dans son palais vole tout transporté,
      Se promettant repos et liberté
      Aux dépens de sa jeune hôtesse.
      Par malheur le couple s'endort,
      D'un sommeil paisible et tranquille ;
L'hirondelle s'éloigne, emplit son bec d'argile,
Et revient droit au nid pour y porter la mort.
      En un clin d'œil notre ouvrière
      Eut fait une double cloison
      Et rempli de deuil la maison
      De la gent inhospitalière.

Toulouse, 1852.

SONNET A LA VIERGE

A MA NIÈCE MARIE-ANNE

O toi dont la vertu comme un baume s'exhale,
Toi qui fais palpiter les luths des séraphins,
Je te bénis, ô Vierge, ô beauté triomphale,
Qui portes sur le front la couronne des saints.

Ni le tiède zéphyr de l'aube matinale,
Ni la fraîche rosée, amante des jardins,

Ni le rayon chéri de la fleur virginale,
N'égalent ton parfum et tes charmes divins.

O Marie ! à tes pieds je dépose ma lyre :
Des vers traduisent mal ce que le cœur inspire ;
L'homme ne peut chanter dans la langue du ciel.

Assez de malheureux t'implorent sur la terre ;
Ils ont faim, ils ont froid, et dans leur coupe amère
Seule tu peux verser quelques gouttes de miel.

Rome, 1855.

A MON COLLÈGUE ET AMI

CHARLES BESSON

Quand tout joyeux à son réveil,
Votre angelet quitta sa couche,
Il souriait à pleine bouche,
Et son visage était vermeil.

Puis, à chacun faisant risette,
Il gazouillait les mots : da-da,
Pa-pa, ma-ma, ta-ta, mi-na,
Pareils au chant de l'alouette.

Je n'ai vu baby plus gentil,
Ni plus mignonne créature :
C'est un bijou de la nature,
Depuis l'orteil jusqu'au sourcil.

C'était plaisir de le voir faire
Son tour de table en trottinant,
Puis revenir en piétinant
Se suspendre au cou de sa mère.

Il mangea de bon appétit
Du biscuit et de la galette,
Mordillant de sa dent jeunette
Comme Raton son pain bénit.

Et, gourmandé par chaque chose,
Il s'enivrait de ces douceurs :
Tel on voit un papillon rose
S'enivrer du parfum des fleurs.

Qu'il grandisse ! c'est votre joie ;
Qu'il prospère ! c'est votre orgueil ;
Que sa route soit sans écueil,
Et qu'il chemine dans sa voie !

Paris, 17 décembre 1869.

LA MORT DE ROSSINI

A MON CHER COLLÈGUE ET AMI HECTOR BERGE

Sur le lac azuré qui baigne Pésaro,
Non loin du toit chéri du divin maestro,
Hier un cygne chantait, et sa note plaintive
Attristait les échos, de l'une à l'autre rive.
Sa voix avait un son si grave et si touchant,
Que jamais sous les cieux de plus sublime chant
Ne flatta le tympan d'une oreille mortelle
Ni s'élança plus pur vers la voûte éternelle ;
Et le cygne chantait, bercé sur le flot bleu,
Et l'écho répétait son éternel adieu.
Ainsi, près de mourir sur la harpe sonore,
Le poète épanchait son âme jeune encore,
Et semblable à l'oiseau qui prélude aux beaux jours,
Rossini soupirait ses premières amours.

Ainsi chantait le cygne au terme du voyage,
Et son cri retentit dans la céleste plage.
Cher maître, dont la mort fait couler tant de pleurs,
Toi qui versais un baume à toutes les douleurs,
Qui m'abreuvas trente ans de ta sainte harmonie,
Repose dans ta gloire, ô céleste génie !
Ces palmes, ces lauriers, qui brillent sur ton front,
Moissonnés ici-bas, plus haut refleuriront ;
Et comme sur son fils veille une mère tendre,
Et pleure sur la pierre où repose sa cendre,
Sur toi veille la France, et ton brillant flambeau
Rayonne maintenant dans la nuit du tombeau.

> O rives de l'Adriatique,
> Lieux chéris du chantre divin,
> Où fleurit l'oranger mystique,
> Où coulent le miel et le vin.
> Jeunes garçons et jeunes filles,
> Qui fredonniez dans vos familles
> Les couplets du grand chansonnier,
> Pleurez, pasteur et pastourelle,
> Et vous, plaintive Philomèle,
> Oiseau céleste et printanier ;
> Pleurez, alcyons du rivage,
> Étoile, mer, fleur, lac, ruisseau,
> Pleurez tous dans votre langage
> Le doux cygne de Pésaro.

Le glaive du trépas a déchiré tes voiles,
Et ton âme a repris son vol vers les étoiles.
Dans l'espace azuré, parmi ces soleils d'or,
Maître, reprends ton luth, poète, chante encor ;
Laisse tomber des sons inconnus à la terre :
Que tes hymnes divins volent de sphère en sphère,
Que les voix des neuf sœurs dans le sacré vallon,
Répètent à l'envi : « Gloire au fils d'Apollon ! »
Que les échos du ciel, que les luths des archanges,
Que les chœurs frémissants des célestes phalanges,

Que tout ce qui bruit sur terre et dans les cieux,
Tout célèbre ton nom et tes chants glorieux !
En vain, prince de l'harmonie,
La nuit me voile ton séjour ;
Ma muse qui te glorifie,
Vers toi s'élance avant le jour.
En vain se ternit ta mémoire ;
Les cieux rayonnent de ta gloire,
Et tu revis dans le trépas.
Ainsi, quand le juste succombe,
Un ange le prend dans sa tombe,
Et jusqu'à Dieu guide ses pas.

Paris, 1860.

Paris. — Imprimerie Alcan-Lévy, rue Lafayette, 61.

www.ingramcontent.com/pod-product-compliance
Ingram Content Group UK Ltd.
Pitfield, Milton Keynes, MK11 3LW, UK
UKHW020051080726
13614UKWH00004B/1975